내 친구 해리는 아무도 못 말려

동화는 내 친구 시리즈는 푹 빠져 재미있게 읽다 보면 어느새 마음이
쑥쑥 자라는 동화책입니다. 어린이의 세계를 따뜻하고 재치 있게 담아낸
참신한 이야기와 뛰어난 그림이 어우러진 동화책 **동화는 내 친구**는
두고두고 보고 싶은, 어린이의 소중한 친구입니다.

동화는 내 친구 5
내 친구 해리는 아무도 못 말려
초판 1쇄 2012년 12월 26일 | 초판 2쇄 2013년 11월 5일
지은이 수지 클라인 | 그린이 프랭크 렘키에비치 | 옮긴이 햇살과나무꾼
펴낸이 박강희 | 펴낸곳 도서출판 논장 | 등록 제10-172호·1987년 12월 18일
주소 121-883 서울시 마포구 합정동 413-16 전화 02)335-0506 팩스 02)332-2507
ISBN 978-89-8414-155-1 73840

·책값은 뒤표지에 있습니다. ·잘못된 책은 바꿔 드립니다.

동화는 내 친구 5

내 친구 해리는 아무도 못 말려

수지 클라인 글 | 프랭크 렘키에비치 그림 | 햇살과나무꾼 옮김

논장

온 세상의 해리 가운데
내가 가장 좋아하는 해리, 우리 아버지 해리 위버에게
사랑을 담아

해리는 아무도 못 말려

선생님은 해리의 글을 교실 게시판에 붙여 놓았다.
그리고 해리한테 상상력이 참 풍부하다고 칭찬했다.
해리가 인어를 만나고, 바다거북을 잡아먹고,
보물을 찾아냈다는 내용이다.
하지만 해리는 바다거북을 먹어 보지 못했다.
해리는 인어도 보지 못했다.
인어는커녕 바다 구경도 못 했으니까!
게다가 해리는 '바닷가'도 제대로 쓸 줄 모른다.
맞춤법이 얼마나 엉망진창인데.
해리는 우리 반의 어떤 아이하고도 다르다.
나는 해리의 일이라면 뭐든지 알고 있다.
해리는 나랑 가장 친한 친구이니까.

차 례

못 말리는 개구쟁이, 해리

해리와 나는 2학년 2반이다. 해리는 내 짝꿍이다. 그런데 해리는 다른 친구들과 다른 점이 딱 한 가지 있다.

그것은 해리가 '끔찍한' 장난을 너무너무 좋아한다는 점이다.

2학년 첫날, 해리는 운동장에서 신발 상자를 들고 있었다.

내가 해리한테 물었다.

"그 속에 든 게 뭐야?"

"굉장한 거야. 더그, 너 여자애가 '꺅!' 하고 비명 지르는 거 보고 싶지 않냐?"

그러더니 해리는 내 대답도 듣지 않고 송이를 쫓아갔다. 해리는 송이를 나무 옆으로 몰아세웠다. 그러고는 신발 상자에서 얼룩 뱀을 꺼내 송이의 코앞에 대고 달랑달랑 흔들었다.

송이는 "까아악!" 하고 비명을 질렀다!

나는 그때 처음으로 해리의 끔찍한 장난을 보았다.

밖에 비가 오면, 우리는 쉬는 시간에 교실에서 논다. 이따금 우리는 '누구게?' 놀이를 한다. 머리를 숙인 채 누가 자기 머리를 건드렸는지 알아맞히는 놀이이다. 그때 해리가 머리를 건드리는 편에 들어가면 다들 마음을 졸인다.

'해리가 내 머리를 건드릴까?'

해리는 친구들의 머리에 주먹 끝을 대고 세게 꽈악 누른다.

12

해리는 그걸 '진짜 알밤'이라고 부르는데, 무지 아프다.

아무도 남한테 진짜 알밤을 먹여서는 안 된다. 그런데도 해리는 그렇게 한다.

해리는 정말로 끔찍한 장난을 좋아한다.

새 학년이 된 지 이 주일쯤 지났을 때였다. 과학 시간에 새에 대해서 공부하고 있는데, 시드니가 조그만 소리로 해리를 놀렸다.

"해리는 카나리아, 계집애 같은 카나리아래요!"

그러자 시드니 주위에 있던 아이들이 까르르 웃어 댔다.

선생님이 물었다.

"왜 웃어?"

시드니는 시치미를 뚝 뗐다.

"아무것도 아니에요, 선생님."

하지만 해리는 그 일이 아무것도 아니라고 생각하지 않았다. 그래서 수업이 끝나는 대로 시드니한테 복

수를 하기로 마음먹었다. 물론 해리는 통쾌하게 복수
했다.

오후 3시 5분, 해리는 시드니한테 달려들어 땅바닥
에 꽉 쓰러뜨렸다. 그러고는 시드니를 덮쳐누르고 윽
박질렀다.

"'나는 여자애들이 좋아.' 하고 두 번 말해."

시드니는 빠져나오려고 버둥대면서 말했다.

"싫어!"

"싫다고?"

"그래, 싫어."

그러자 해리는 시드니의 겨드랑이를 간질이기 시작했다. 결국 시드니는 참다못해 소리쳤다.

"난 여자애들이 좋아! 난 여자애들이 좋아!"

송이, 아이다, 메리가 시드니의 말을 들었다.

많은 남자아이도 시드니의 말을 들었다.

해리는 멋지게 복수했다. 그야말로 끔찍한 복수를.

시드니는 냅다 뛰어가면서 악을 썼다.

"두고 봐. 가만두지 않을 테야!"

교실 바닥이 지저분하면 선생님은 해리한테 청소를 시킨다. 과연 해리처럼 바닥을 청소하는 아이가 있을까? 해리는 종이 조각, 몽당연필, 찰흙 부스러기까지 모두 줍는다. 한번은 내 책상 밑까지 기어 들어와 크레용 도막을 주워 가기도 했다!

해리가 그런 잡동사니를 모은다는 것은 아무도 모른다.

하지만 나는 알고 있다. 나는 바로 해리의 옆자리에 앉아서 지켜보니까. 해리는 몽당 괴물들을 만들고 있었다!

해리는 자기가 만든 몽당 괴물들이 이 세상에서 가장 무시무시한 괴물이라고 자랑한다. 해리는 몽당 괴물들을 담뱃갑에 담아 책상 속에 고이고이 넣어 두었다. 언젠가 스물네 개가 되면, 그 몽당 괴물들이 우리 교실에 쳐들어올 것이라고 한다.

해리는 귓속말로 소곤거렸다.

"금방이야, 더그. 곧 몽당 괴물들 때문에 난리가 날 거야."

송이의 생일날, 송이 엄마가 우리 반 아이들한테 주려고 맛있는 과자를 두 쟁반이나 가져왔다. 생일 축하 노래를 부르고 나서, 송이가 모두에게 과자를 골고루 나누어 주었다. 선생님은 포춘 쿠키(운세가 적힌 쪽지가 들어 있는 초승달 모양의 바삭한 과자 : 옮긴이) 세 개와 컵케이크 하나가 남은 것을 보았다.

선생님은 그 과자를 접시에 담고, 카드에다 '우리는 마이켈슨 선생님이 좋아요.'라고 썼다.

선생님이 물었다.

"누구, 이 과자를 도서실 선생님께 갖다 드릴 사람?"

송이만 빼고 모두 손을 들었다. 송이는 부끄러움을 너무 많이 탄다.

우리는 계속 손을 들고 있었다.

시드니는 선생님의 눈에 띄려고 마구 소리까지 질렀다.

"우우우우우……저요! 저요! 저요!"

하지만 선생님은 해리와 나를 뽑았다. 이층에는 덩치 큰 상급생 형들이 있는데, 해리와 나는 형들한테 전혀 겁을 먹지 않기 때문이다.

도서실로 가는 계단을 올라갈 때, 해리가 불쑥 컵케이크를 먹어 치우자고 꾀었다.

"그건 마이켈슨 선생님 거잖아."

내가 말하자, 해리가 대답했다.

"마이켈슨 선생님은 요구르트랑 당근만 좋아하잖아. 우린 착한 일을 하는 거야."

그래서 우리 둘은 맹세했다. '가슴에 십자가를 긋

고, 목숨을 걸고, 눈에 바늘이 꽂히더라도' 이 얘기를
아무한테도 하지 않기로!

그러고는 컵케이크를 쩝쩝 먹어 치웠다.

가끔 해리 덕분에 나까지 '끔찍한' 짓을 하게 된다.

콜럼버스 기념일(10월 둘째 주 월요일. 콜럼버스가 아메리카
대륙을 발견한 것을 기념하는 날:옮긴이) 전날, 해리가 팔에 문
신을 하고 학교에 왔다. 해골에 X 자 모양의 뼈다귀
가 그려진 문신이었다. 해리는《보물섬》에 나오는 해
적 존 실버가 문신을 그려 주었다고 으스댔다.

하지만 뻔할 뻔 자다. 해리는 자기가 매직으로 직접
문신을 그렸을 것이다. 그러면서 괜히 송이 앞에서 으
스대려는 것이다.

해리가 자기 자리로 가서, 글짓기 공책을 꺼냈다.
해리는 바다에서 모험한 이야기를 두 장이나 써 왔다.

선생님은 해리더러 반 친구들한테 읽어 주라고 했
다.

해리가 인어를 만나고, 바다거북을 잡아먹고, 보물

을 찾아냈다는 이야기였다.

선생님은 해리의 글을 교실 게시판에 붙여 놓았다. 그리고 해리한테 상상력이 참 풍부하다고 칭찬해 주었다.

하지만 해리는 바다거북을 먹어 보지 못했다.

해리는 인어도 보지 못했다.

인어는커녕 바다 구경도 못 했으니까!

게다가 해리는 '바닷가'도 제대로 쓸 줄 모른다. 맞춤법이 얼마나 엉망진창인데.

해리는 우리 반의 어떤 아이하고도 다르다. 나는 해리의 일이라면 뭐든지 알고 있다.

해리는 나랑 가장 친한 친구이니까.

몽당 괴물들과 핼러윈 축제

핼러윈 축제(영국, 미국 등에서 해마다 10월 31일에 벌이는 축제로, 밤에 죽은 사람의 혼이 집에 들어온다고 함. 미국에서는 어린이들이 핼러윈 날 유령이나 괴물 등으로 분장하고 학교에 가서 파티를 함 : 옮긴이) 전날, 해리는 드디어 침략 작전을 세웠다.

"더그, 이제 우리 반에 무서운 일이 닥칠 거야."

나는 해리의 말을 단박에 알아들었다. 드디어 해리가 만든 몽당 괴물들이 우리 반으로 쳐들어오게 된 것이다.

내가 물었다.

"도와줄까?"

"응, 너는 내 조수야."

송이가 연필을 깎으러 간 사이에, 우리는 송이의 책
상 속에 몽당 괴물 두 개를 넣어 두었다. 송이가 제자
리로 돌아와 종이를 꺼내려고 책상 속을 더듬었다.

해리는 귀를 꼭 막고 말했다.

"난 여자애들이 비명을 지를 때가 가장 신 나. 자,
'최후의 심판'을 지켜보아라!"

나도 얼른 귀를 막았다.

그런데 송이는 비명을 지르지 않았다.

자리에서 펄쩍 뛰지도 않았다.

송이는 무서워하기는커녕 몽당 괴물을 데리고 놀았
다. 게다가 책상 위에 올려놓고 춤까지 추게 하지 않
는가!

해리가 얼굴을 찡그렸다.

"몽당 괴물들은 침략하러 온 거야. 춤이나 추러 온
게 아니라고. 침략자란 말이야! 우리 반에 무서운 일

을 벌일 거라고!"

나도 고개를 끄덕였다.

해리는 내 옆으로 바투 다가와 속삭였다.

"다음번엔 기습 작전을 쓰자."

해리와 나는 선생님한테 허락을 받고 화장실에 가
는 척하다가 복도에서 걸음을 멈추었다. 우리는 사물
함에 있는 시드니의 스웨터 소매 속에 몽당 괴물 몇 개
를 슬쩍 넣어 두었다.

'완벽해.'

점심시간에 줄을 설 때가 되자, 해리와 나는 마음을 졸이며 기다렸다.

천천히, 천천히, 시드니가 스웨터를 입는다.

우리는 시드니를 뚫어지게 바라보았다.

조금만 있으면 시드니는 펄쩍 뛰면서 비명을 꽥꽥 지를 거야!

그런데 시드니가 소매에 팔을 집어넣을 때, 몽당 괴물들이 바닥으로 툭 떨어지고 말았다.

시드니는 몽당 괴물들을 아예 보지도 못했다.

아이다나 메리도 몽당 괴물들을 못 보고 지나갔다. 게다가 아이다와 메리는 몽당 괴물을 밟고 지나가 버렸다!

해리는 무릎을 꿇고 바닥에 엉겨 붙은 몽당 괴물들을 긁어냈다. 그러고는 손수건에 곱게 쌌다.

우리는 점심시간에 몽당 괴물들을 쓰레기 속에 묻고 작별 경례를 했다.

해리가 소리쳤다.

"이건 전쟁이야! 우리 편 병사들이 너무 많이 죽었

어. 이젠 적의 본부로 곧장 쳐들어가는 수밖에 없어."

내가 물었다.

"적의 본부가 어디야?"

"두고 보면 알아."

해리는 수업 종이 울리기 직전에 선생님 책상에다 몽당 괴물 네 개를 올려놓았다.

"적의 본부가 선생님 책상이야?"

"그래, 선생님 책상이야. 이제 우리 반에 무서운 일이 닥칠 테니까, 마음 단단히 먹어."

해리는 책상 위에 손을 포개 놓고 똑바로 앉았다.

종이 울리자 선생님이 들어왔다.

"해리는 공부할 준비가 딱 돼 있네."

해리는 선생님이 책상으로 다가가는 것을 보고 나지막이 속삭였다.

"얼른 귀 막아. 선생님은 비명을 지르면서 창밖으로 뛰쳐나갈 테니까."

하지만 선생님은 몽당 괴물을 보더니

"어머, 이게 뭐지?"

하고 말했다.

해리는 귓구멍에서 손가락을 뺐다.

나도 슬그머니 손가락을 뺐다.

선생님이 몽당 괴물 하나를 집어 들고 감탄했다.

"정말 귀엽구나!"

해리가 말했다.

"귀엽다고?"

나도 따라서 말했다.

"귀엽다고?"

해리와 나는 얼굴을 마주 보았다. 어떻게 이런 일이 일어날 수가! 몽당 괴물들은 세상에서 가장 무서운 괴물인데…….

해리는 머리를 감싸 쥐고 책상에 엎드렸다.

이렇게 해리의 장난도 이따금 허탕을 치는 때가 있다.

나는 해리를 위로해 주었다.

"해리야, 힘내. 내일은 핼러윈 축제야. 네가 가장 좋아하는 날이잖아. 내일은 정말로 사람들을 벌벌 떨

게 할 수 있을 거야."

해리가 고개를 들었다.

"핼러윈이라……."

해리의 얼굴에 웃음이 씨익 지나갔다.

핼러윈 축제 때는 누구나 변장을 하고 온다. 우리는 이날 해리가 어떤 괴물로 꾸미고 나올지 아무도 몰랐다. 하지만 다들 해리가 끔찍한 모습으로 나타나리라고 짐작하고 있었다.

3시에 수업 끝 종이 울리기 전에, 우리는 해리가 과연 무엇으로 꾸미고 나타날지 이야기했다.

아이다가 해리한테 물었다.

"너, 프랑켄슈타인 괴물처럼 꾸미고 올 거지?"

해리는 새하얀 이를 반짝이며 대답했다.

"프랑켄슈타인 괴물보다 더 무서운 거야."

메리가 물었다.

"너, 해골로 나타날 거지?"

해리가 고개를 저었다.

"훨씬 더 무서운 거야."

송이가

"그럼 드라큘라?"

하고 물었다.

이번에도 해리는 고개를 저었다.

"아무도 못 맞힐걸."

시드니가 말했다.

"난 알아. 해리는 틀림없이 카나리아가 돼서 나타
날 거야."

그러고는 좋다고 낄낄거렸다.

해리가 경고했다.

"잊지 마, 시드니. 핼러윈 축제는 내일이라고."

그리고 나서 시드니 쪽으로 몸을 바짝 수그리고

"왁!"

하고 소리쳤다.

시드니는 깜짝 놀라서 펄쩍 뛰었다.

이튿날 아침, 아이들은 모두 교실 문 쪽을 쳐다보며

해리를 기다렸다.

몸집이 큰 마법사가 들어오자, 다들 덜덜 떨며 소리
쳤다.

"해리다!"

그러자 마법사가 초록색 가면을 벗고 인사했다.

"안녕, 여러분."

해리가 아니라 선생님이었다!

나는 아이들과 함께 국기에 대한 맹세를 하고 나서,
해리의 자리를 흘끗 보았다. 해리는 아직도 오지 않았
다. 해리는 지금 어디에 있을까?
9시 5분에 몸집이 무지무지하게 큰 드라큘라 백작
이 문가에 나타났다.

다들 진짜로 벌벌 떨며 소리쳤다!

"해리다!"

그러자 귀에 익은 목소리가 들렸다.

"여러분, 즐거운 핼러윈 날이에요."

알고 보니 교장 선생님이었다.

9시 10분에 무엇인가가 교실 안으로 스스스 미끄러 져 들어왔다. 기다랗고 줄무늬가 있는 것이었다. 새 빨간 혀도 가느다랗게 달려 있었다.

시드니가 비명을 질렀다.

"꺄아아아악!"

선생님이 다가가서 살펴보며 물었다.

"넌 누구니?"

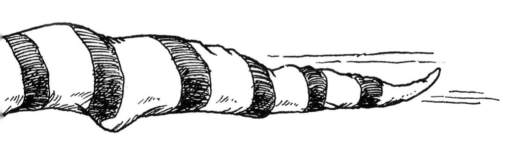

뱀이 교실 바닥을 꿈틀꿈틀 기어가자, 우리 반 아이들은 '꺄아악' 하고 소리를 질러 댔다!

뱀은 계속 꿈틀꿈틀 기어가며 소리를 냈다.

"<u>스스스스스……</u> ."

선생님이 발을 탁탁 구르며 말했다.

"혹시 네가 그 녀석이라면, 넌 10분이나 지각한 거야."

다들 누구인지 보려고 몸을 내밀었다.

뱀 껍질 속에서 누군가가 고개를 쏙 내밀더니, 하얀 이를 반짝이며 씨익 웃었다.

다들 "해리구나!" 하고 소리쳤다.

선생님이 말했다.

"넌 지각이야."

그러자 해리가 대꾸했다.

"뱀은 빨리 기어 오지 못하잖아요. 운동장을 기어 오는 데 한참 걸렸단 말예요."

선생님이 말했다.

"그래도 벌은 받아야지. 수업 끝나고 10분 동안 남

아서 공부해."

　해리가 얼굴을 찡그렸다.

　시드니가 벙긋 웃으며 말했다.

　"지금은 9시 12분이야."

　해리는 시드니를 노려보았다.

　이따금 개구쟁이 해리는 다른 친구들이 집에 간 뒤
에도 학교에 남아 공부를 해야 한다.

해리의 세 배 복수

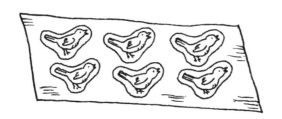

어느 날, 시드니가 예쁜 새들이 찍혀 있는 스티커를 학교에 가지고 왔다. 한 장은 어치, 한 장은 울새, 또 한 장은 다른 새의 스티커라고 했다.

아이다가 물었다.

"다른 새는 무슨 새인데?"

시드니가 해리를 바라보며 말했다.

"비밀이야."

해리는 눈살을 찌푸렸다.

"난 그게 무슨 새인 줄 알아. 너도 알지, 더그?"

나도 아까 해리의 의자를 보고 알았다.

해리의 의자에 노란 카나리아 스티커가 붙어 있었기 때문이다.

시드니가 낄낄댔다.

"해리는 카나리아래."

아이다와 송이는 억지로 웃음을 참고 있었다.

해리는 주먹을 꼭 쥐었다. 나는 해리가 무슨 생각을 하는지 알고 있었다.

바로 복수였다!

12시가 되자, 우리는 줄을 서서 식당에 들어갔다. 해리가 선반에서 도시락을 꺼냈다. 그때 뭔가가 해리의 눈에 띄었다.

도시락 통에 노란 카나리아 스티커가 떡하니 붙어 있었다.

해리는 이제 주먹을 불끈 쥐었다!

나는 그것이 무슨 뜻인지 알고 있었다.

두 배로 복수해 주겠다는 뜻이었다!

해리는 식탁에 앉아서도 전혀 말이 없었다. 바나나
를 먹으면서 계속 시드니만 노려보았다.

모두들 점심을 먹고 나서 도서실로 올라갔다. 해리
는 도서실에 들어가자마자 뱀, 민달팽이, 바다거북 따
위가 나오는 책 쪽으로 갔다.

도서실 선생님이 해리의 어깨를 톡톡 쳤다.

"해리야, 네가 좋아할 만한 책이 있어."

해리는 선생님을 돌아보았다.

"정말요?"

"오늘 들어왔어."

선생님이 나지막이 소곤거렸다.

"끔찍한 거야."

해리는 그 책의 제목을 보고 하얀 이를 반짝이며 웃었다. 책의 제목이 《무시무시한 티라노사우루스 렉스》였기 때문이다.

"고맙습니다, 선생님. 선생님은 세상에서 가장 훌륭한 도서실 선생님이에요."

도서실 선생님은 해리의 머리를 쓰다듬어 주었다. 그러고 나서 나한테도 인디언이 나오는 재미있는 책을 골라 주었다.

해리와 나는 자리에 앉아 책을 읽었다. 읽는 동안 카나리아 생각 따윈 까맣게 잊었다.

교실로 돌아오자, 해리는 공룡 책을 집에 가져가서 읽으려고 도시락 밑에 넣어 두었다.

3시에 수업 끝 종이 울리자, 우리는 점퍼와 도시락과 책을 가지고 왔다.

바로 그때 해리의 눈이 휘둥그레졌다.

노란 카나리아 스티커가 《무시무시한 티라노사우루스 렉스》에 붙어 있지 뭔가?

해리는 무지무지 화가 나서 눈에 불을 켰다.

해리는 이를 악물고, 책 표지에서 카나리아 스티커를 조심스럽게 떼어 냈다.

그리고 성난 목소리로 으르렁거렸다.

"이젠 세 배로 복수해 주겠다!"

오후 3시 5분. 해리는 커다란 덤불 옆을 지나가는 시드니를 보았다.

"기다려! 할 말이 있어."

해리의 고함 소리에 시드니는 발길을 멈추고 돌아섰다.

해리가 말했다.

"나, 너랑 악수하고 싶어."

시드니는 머리를 긁적거렸다.

"정말?"

"그러엄! 너, 오늘 나한테 끝내주게 장난치더라. 내

의자랑 도시락이랑, 또 도서실에서 새로 빌린 책에다
노란 카나리아 스티커를 붙였잖아. 너, 진짜 재미있
는 녀석이야."

　시드니가 대답했다.

　"그래, 재미로 그런 거야."

　"맞아. 그래서 너랑 악수하고 싶어. 내 기분이 어떤
지 알려 주려고 말이야."

시드니가 손을 내밀었다.

해리가 그 손을 잡았다.

갑자기 시드니가 손을 확 빼서 들여다보며 말했다.

"야! 이 누렇고 끈적끈적한 건 뭐야?"

해리는 이빨을 드러내고 씨익 웃으며 말했다.

"민달팽이였어."

"꺄아아아아악!"

시드니가 비명을 질렀다.

"내 손으로 징그러운 민달팽이를 짓이겼다니! 엄마아!"

시드니는 손을 파라락 흔들며 뛰어가 버렸다.

해리는 도시락 통을 닫았다.

"봤지, 더그. 먹다 남은 바나나도 써먹을 만하잖아."

"특히나 세 배로 복수할 때 말이지?"

내가 말하자, 해리는 청바지에 손을 슥슥 닦으며 말했다.

"저 녀석은 그래도 싸. 《무시무시한 티라노사우루

스 렉스》를 갖고 놀아선 안 돼.”

해리는 겨드랑이에 책을 끼면서 말했다.

“물론 나를 놀려서도 안 되고.”

나는 고개를 끄덕였다.

해리의 말은 끔찍하게도 진실이었으니까.

추수 감사절 연극

선생님은 우리에게 부모님들 앞에서 추수 감사절(크
리스트교 신자들이 추수를 마친 뒤 하느님께 감사 예배를 드리는 날로,
미국에서는 11월 넷째 목요일임 : 옮긴이) 연극을 해야 한다고 했
다.

"여러분 중에 몇 사람은 영국에서 아메리카로 건너
간 청교도 역을 하고, 몇 사람은 인디언, 그리고 한 사
람은 스콴토(청교도들이 북아메리카에 정착했을 때, 청교도들에게
사냥법과 낚시, 옥수수 재배법을 가르쳐 준 인디언 : 옮긴이) 역을 해

야 됩니다."

내가 말했다.

"선생님, 제가 스콴토 역을 할게요. 그래서 청교도
들한테 죽은 생선으로 옥수수를 재배하는 법을 가르
쳐 주고 싶어요."

선생님은 창밖을 바라보며 잠시 생각했다.

그리고는 다시 나를 보고 말했다.

"좋아, 더그. 네가 스콴토 역을 하려무나."

해리가 불쑥 말했다.

"난 죽은 생선 할래요."

선생님이 눈을 동그랗게 뜨고 해리를 바라보며 물
었다.

"너, 정말로 죽은 생선 역을 하겠다는 거니?"

반 아이들이 모두 해리를 쳐다보았다.

해리는 싱글싱글 웃으며 말했다.

"죽은 생선은 아주 중요한 역이에요. 죽은 생선이
없었으면 옥수수도 무럭무럭 자라지 못하고, 옥수수
가 자라지 못하면 청교도들은 굶어 죽었을 테고, 그럼

이런 연극도 할 수 없잖아요. 그러니까 난 죽은 생선이 되고 싶어요."

선생님은 얼굴을 찌푸렸다.

"하지만 죽은 생선을 연기하려면…… 끔찍할 텐데……."

해리는 새하얀 이를 드러내며

"괜찮아요."

하고 말했다.

물론 해리는 아무렇지도 않을 것이다. 해리는 끔찍한 일을 좋아하니까.

첫 연습에서 송이가 탈이 났다.

송이가 해야 할 대사는 '살기 힘들어.'였다. 송이는 청교도 역을 맡았다. 그런데 우물거리기만 했다.

"더 크게 말해야지."

하고 선생님이 말하자, 송이는 울음을 터뜨리려 했다.

선생님이

"어디 아프니?"

하고 물으니까, 송이는 고개를 끄덕였다.

10분 뒤, 송이는 집으로 갔다.

다들 송이가 왜 집에 갔는지 알고 있었다. 사실 송이는 아프지 않았다. 너무 겁이 많아서 다른 사람들 앞에서 말을 할 수 없었을 뿐이다.

"자, 모두들 제자리로 돌아가요."

선생님이 큰 소리로 말했다.

"너희들, 청교도들은 밭에서 씨를 뿌리고 있어. 스콴토, 넌 다가와서 옥수수 키우는 법을 이야기해 주고. 청교도들은 너희끼리 살기 힘들다고 이야기해."

해리만 빼고 모두 선생님이 시키는 대로 했다.

선생님이 해리한테 말했다.

"해리야, 스콴토가 밧줄을 잡아당기면 꿈틀거리면서 앞으로 나오렴."

해리가 말했다.

"지금은 꿈틀거리고 싶지 않아요."

"하지만 네가 조금은 꿈틀거려 줘야, 스콴토가 널 끌어당기지. 넌 너무 무겁잖아."

해리는 투덜거리면서 말했다.

"그럼 조금만 꿈틀거릴게요."

나는 해리가 달라진 것을 눈치챘다. 이제 해리는 죽
은 생선 역이 하기 싫어진 것이다.

연습이 모두 끝나고, 해리가 우리 집에 놀러 왔다.
해리는 송이네 집에 전화를 걸었다. 그러고는 송이의
엄마와 이야기를 나누었다.

나는 송이가 집에 가 버려서 해리의 기분이 나빴던
게 아닐까 싶었다.

다음 날 연습 때 송이가 나왔다. 송이는 선생님의 귀에 대고 속닥거렸다. 선생님은 송이의 말을 듣고 나서 칠판에 몸을 기댔다. 무척 놀란 표정이었다. 잠시 후, 선생님은 생긋 웃으며 큰 소리로 말했다.

"자, 여러분, 모두 자기 자리로 가요. 청교도들은 밭에서 씨를 뿌립니다. 스콴토는 생선 두 마리를 가지고 들어오고요."

내가 물었다.

"두 마리를요?"

반 아이들도 물었다.

"두 마리를요?"

선생님은 '흠흠' 하고 목을 가다듬었다.

"송이도 죽은 생선 역을 하고 싶대요."

반 아이들은 모두 교실 바닥에 누워 있는 송이와 해리를 내려다보았다.

나도 보았다.

송이와 해리는 죽은 듯이 바닥에 누워 있었다. 아무말도 없이.

"송이의 엄마가 생선 꼬리와 지느러미를 만들어 주었어요. 멋지죠?"

나는 해리도 기분이 좋다는 것을 알 수 있었다. 해리는 웃는 얼굴로 죽은 생선 역을 하고 있었으니까.

선생님이 다시 말했다.

"모두 자기 자리로 가요."

우리 반 아이들 모두 선생님이 시키는 대로 했다. 나는 내 대사를 잘 읊었다. 그리고 죽은 생선으로 옥수수를 무럭무럭 자라게 하는 장면에서는 해리와 송이의 허리에 밧줄을 묶은 다음 끌어당겼다.

송이와 해리는 꿈틀거리며 앞으로 나왔다.

그래서 끌어당기기 쉬웠다.

이따금 해리의 끔찍한 생각들이 우리 반에 아주 도움이 된다.

야외 수업

해리와 나는 '가슴에 십자가를 긋고, 목숨을 걸고, 눈에 바늘이 꽂히더라도' 야외 수업에서 반드시 짝이 되기로 약속했다.

딱 3주일 전에!

하지만 야외 수업을 하러 가는 날 아침, 학교 앞에 버스가 서자 해리가 나한테 말했다.

"더그, 너랑 짝 못 하겠어."

내가 물었다.

"왜?"

"송이가 짝이 없어. 그 애 짝이 감기에 걸려서 학교에 못 나왔대."

나는 어처구니가 없었다.

"기가 막혀! 그래서 이제 나만 짝 없이 혼자 다니라는 거야?"

해리가 말했다.

"넌 괜찮을 거야."

그러고는 하얀 이를 징그럽게 드러내며 버스에 올라 송이의 옆자리에 가서 앉았다.

해리는 정말로 끔찍한 녀석이다!

나는 선생님 옆에 앉았다. 바로 해리의 앞자리였다.

선생님이 물어보았다.

"더그야, 창가에 앉을래?"

나는 고개를 저었다. 통로 건너편에 시드니가 앉아 있었기 때문에 나는 통로 쪽에 앉고 싶었다.

시드니가 내 쪽으로 몸을 기울여 말했다.

"까짓, 해리 녀석은 잊어버려. 그 녀석은 카나리아라고."

해리가 의자 너머로 주먹을 들어 보였다.

나는 얼굴을 찡그렸다.

"해리는 카나리아야. 짹짹! 짹짹! 짹짹!"

이제 해리는 두 주먹을 모두 쳐들었다.

나는 다시 똑바로 앉아 선생님과 이야기를 나누었다.

"선생님은 도시락으로 뭘 싸 오셨어요?"

"땅콩 크림 빵이랑 셀러리랑 말린 살구."

말만 들어도 선생님이 싸 올 만한 음식 같았다.

"넌 뭘 싸 왔는데?"

"젤리 샌드위치, 사과, 그리고 커다란 초코칩 쿠키 여섯 개요."

나는 일부러 마지막 부분을 크게 말했다.

해리가 의자 위로 몸을 내밀고 침을 흘렸다.

"엄마가 제 짝이 먹을 것도 싸 주었어요."
하고 내가 말하니까, 해리가 입술을 핥았다.

60

"선생님도 초코칩 쿠키 좋아하세요?"

내가 묻자, 선생님은

"그럼, 아주 좋아하지."

하고 대꾸했다. 그때 해리가 불쑥 끼어들었다.

"나도 좋아해."

그러자 선생님이 해리를 나무랐다.

"앉아라, 해리."

해리의 얼굴이 우그러졌다.

송이는 통로를 사이에 두고 메리와 아이다와 이야기하고 있었다.

해리는 그저 창밖만 내다보고 있었다. 이야기할 사람이 없었던 것이다.

수족관에 갔을 때, 선생님과 내가 앞장섰다. 선생님과 나는 우리 반 아이들을 데리고 커다란 열대어가 있는 방으로 들어갔다.

내가 몸을 뒤집고 헤엄치는 '거꾸로메기'를 구경하고 있을 때, 해리가 말을 건넸다.

"너, 나랑 짝 할래?"

나는 해리를 흘끗 쳐다보았다.

"천년이 지나도 너랑은 짝 안 할 거야."

해리가 말했다.

"기다릴게."

나는 거꾸로메기를 다 구경하고 나서 말했다.

"넌 송이랑 짝이잖아."

"송이는 메리하고 아이다하고만 놀아. 집에 갈 때

는 셋이서 같이 앉겠대.”

“그렇지만 백 년이 지나도 너랑은 절대 짝 안 할 거야.”

해리는 아까하고 똑같이 말했다.

“기다릴게.”

점심시간에 모두들 야외 식탁에 앉았다. 나는 시드니 옆에 앉았다.

바로 그때 벌 한 마리가 내 젤리 샌드위치에 앉았다.

나는 겁이 나서 꼼짝도 못했다.

시드니가 비명을 질렀다.

그 순간 해리가 종이컵으로 내 빵에 앉은 벌을 잡았다. 해리는 샌드위치에 종이컵을 씌운 채 쓰레기통으로 걸어갔다.

그러고는 쓰레기통 속에 벌을 던져 넣고 뚜껑을 닫았다.

"어떤 멍청이가 쓰레기통을 열다가, 놀라서 자빠질 거야!"

해리가 나한테 정어리 샌드위치 반쪽을 쓱 내밀었다.

"됐어. 지금은 못 먹겠어. 정어리랑 수족관에서 봤던 고기들이랑 정말 많이 닮았어."

해리는 정어리 샌드위치를 빤히 내려다보았다. 왠지 속이 거북해 보였다.

그러더니 쓰레기통으로 냅다 달려가 정어리 샌드위치를 버렸다.

바로 그때, 해리가 기습을 당했다.

벌이 쓰레기통을 빠져나와 해리의 뺨을 쏜 것이다!

"으악!"

하고 해리가 비명을 질렀다.

　나는 해리가 너무 불쌍했다.

　선생님이 구급상자를 들고 와서, 벌에 쏘인 자리에

약을 발라 주었다.

집에 돌아갈 시간이 되자, 해리는 맨 먼저 버스에 올라타고 맨 뒷자리 창가에 앉았다.

혼자였다.

내가 버스 통로를 걸어가는데, 시드니가 자기 옆자리를 내주었다.

"더그, 나랑 같이 앉을래? 저 카나리아 녀석이랑 앉기 싫지?"

나는 주먹을 꼭 쥐고 시드니에게 쏘아붙였다.

"해리를 카나리아라고 놀리지 마."

그러고는 해리 옆에 가서 앉았다.

해리가 물었다.

"너도 내가 멍청이라고 생각해?"

나는 고개를 저었다. 해리는 나를 도와주려고 했다. 사실 해리가 벌에 쏘인 것도 나 때문이었다. 나는 도시락 가방에서 마지막 초코칩 쿠키를 꺼내 해리한테 주었다.

"고맙다, 친구야."

해리는 이렇게 말하고 부스러기까지 몽땅 먹어 치
웠다.

해리가 항상 끔찍한 개구쟁이인 것은 아니다.

가끔가다 그럴 뿐이다.

수지 클라인

1943년 미국 캘리포니아 주에서 태어나, 버클리 대학교를 졸업했다. 초등학교 선생님으로 일하면서 어린이 책을 쓰기 시작해 '해리', '송이', '허비 존스' 같은 현실적인 등장인물을 주인공으로 한 여러 편의 시리즈 책을 냈다. 오랫동안 아이들을 가르치면서 겪은 일을 바탕으로 꾸밈없는 웃음을 담은 이야기들은 "일상적인 교실 생활에 진정으로 어울리는 이야기.", "저학년 교실의 언어, 유머, 집단 역학을 포착하는 비범한 능력."이라는 평가를 받으며, 다양한 상을 수상했다.

"내가 쓴 이야기는 대부분 교실 생활과 우리 가족, 나의 어린 시절에서 비롯되었어요. 시간을 내서 글을 쓰기만 한다면 일상은 이야기로 가득하답니다."라고 한 클라인은 '말썽꾼 해리' 이야기에 대해 이렇게 덧붙인다. "해리와 더그, 송이 이야기를 영원히 쓸 수 있을 것 같아요. 이 책들은 가족, 우정, 교실에 관한 것이고, 그 세 가지는 나에게 너무나 소중하거든요."

프랭크 렘키에비치

1939년 미국 코네티컷 주에서 태어났으며, 로스앤젤레스의 아트센터 학교를 졸업했다. 작가이자 일러스트레이터로 활동하면서 여러 작가의 어린이 책에 그림을 그리고, 직접 글을 썼다. 수지 클라인의 인기작 '말썽꾼 해리'와 '송이' 시리즈, 조너선 런던의 '개구리' 시리즈의 삽화가로 잘 알려져 있다. 만화 같은 흑백 스케치가 익살스러운 이야기와 잘 어울리는 '말썽꾼 해리' 시리즈는 '생동감 넘치는 글과 웃음을 불러일으키는 그림'의 결합이라는 평을 듣는다.

렘키에비치는 이렇게 말한다. "나는 늘 유머 분야에 끌렸습니다. 내가 만든 책을 어린이들이 읽고 있는 모습을 보면 짜릿합니다. 아이들이 빙그레 웃을 때도 좋지만, 깔깔 웃음을 터뜨릴 때는 정말 좋답니다."

햇살과나무꾼

어린이 책을 사랑하는 사람들이 모여 만든 곳으로, 세계 곳곳의 좋은 작품들을 소개하고 어린이의 정신에 지식의 씨앗을 뿌리는 책을 집필한다. 《꼬마 토드》, 《할머니의 비행기》, 《장화가 나빠》, 《에밀은 사고뭉치》 들을 우리말로 옮겼으며, 《놀라운 생태계, 거꾸로 살아가는 동물들》, 《신기한 동물에게 배우는 생태계》 들을 썼다.